CICÉRON.

PRO MILONE.

X

22948

PRO MILONE.

LIMOGES ET ISLE,
Imp. de Martial Ardant Frères.

CICERONIS

ORATIO PRO MILONE.

―――⋈―――

NOUVELLE ÉDITION

Revue avec soin et corrigée par M. TISSOT, professeur
de Poésie latine au Collége de France, membre de
l'académie française, et par M. MORANT, docteur
de l'Académie,

AVEC NOTES.

―――◈◈◈―――

PARIS,

CHEZ MARTIAL ARDANT FRERES, EDITEURS,
rue Hautefeuille, 14.

LIMOGES,
LA MEME LIBRAIRIE.
―
1840.

CICÉRON.

ORATIO

PRO MILONE.

M. T. Cicéron ne fut pas seulement un grand orateur, la part qu'il prit au gouvernement de la république romaine, lui fait occuper aussi un rang fort
honorable parmi les hommes d'état. Sans doute il y a
des défauts remarquables dans son caractère : il aimait
trop la louange, était timide, irrésolu et manquait de
cette fermeté qui impose à la malveillance. Trop sou-
vent il oublia de mettre en pratique cette admirable
philosophie qui respire dans plusieurs de ses ouvra-
ges, mais il n'en fut pas moins un excellent citoyen,
sincèrement dévoué aux intérêts de son pays, et qui,
peut-être, aurait retardé la chute de la république, s'il
avait usé de son influence avec plus de résolution et
d'habileté. Considéré sous le rapport de l'art oratoire,

on peut dire que c'est un des plus beaux génies qui
aient jamais paru dans le monde. Il n'a pas toujours
cette force d'augmentation qui caractérise Démos-
thène, mais il est bien plus varié, bien plus fleuri que
l'orateur athénien.

ORATIO

PRO T. A. MILONE.

SOMMAIRE.

T. Annius Milon, P. Plautius Hypsœus et Q. Mé-
tellus Scipion briguaient le consulat. Le premier
était entièrement dévoué à Cicéron, et, pour ce mo-
tif, avait dans Clodius un ennemi acharné. Plusieurs
fois même ils en étaient venus aux mains, chacun à
la tête de ses partisans. Une raison particulière exci-
tait encore Clodius à écarter Milon du consulat. Am-
bitionnant lui-même la préture, il pensait avec raison, que si ce dernier était nommé consul, son influence serait anéantie. Milon profita du délai que lui
laissait l'assemblée des comices, pour faire un voyage
à Lanuvium. Claudius alors se trouva sur son passage.
Il était à cheval, et Milon dans une litière. Une dis-
pute s'éleva entre les domestiques dont tous deux
étaient accompagnés. Clodius fut blessé et transporté
dans une maison voisine; mais Milon, songeant qu'il
aurait tout à craindre tant que son ennemi vivrait,
fit assiéger sa retraite. Clodius en fut tiré, et son ca-
davre, percé de coups, resta sur la route. Ses parens
l'ayant recueilli le transportèrent à Rome, où, après

l'avoir exposé aux regards du peuple, ils le brûlèrent
devant le sénat. Il s'ensuivit un grand tumulte et un
incendie, pendant lequel Milon revint à Rome. Cette
circonstance ne ralentit pas son ardeur à demander le
consulat ; mais, les comices n'ayant pu s'assembler,
il ne fut élu que plus tard. Ce fut alors qu'Appius, M.
Antoine et Valérius Népos l'accusèrent de meurtre.
Cicéron le défendit, ce qui ne le sauva pas de l'exil.
C'était l'an 701 de la fondation de Rome.

1. **EXORDIUM.** Etsi vereor, Judices, ne turpe sit,
pro fortissimo viro dicere incipientem, timere ; mi-
nimèque deceat, cùm T. Annius ipse magis de reipublicæ salute, quàm de suâ, perturbetur, me ad ejus
causam parem animi magnitudinem afferre non posse ;
tamen hæc novi judicii nova forma terret oculos, qui,
quocumquè inciderint, veterem consuetudinem fori,
et pristinum morem judiciorum requirunt. Non enim
coronâ (1) consessus vester cinctus est, ut solebat ;
non usitatâ frequentiâ stipati sumus.

2. Nam illa præsidia quæ pro templis omnibus cernitis, etsi contra vim collocata sunt, non afferunt tamen oratori aliquid ; ut in foro et in judicio, quanquàm præsidiis salutaribus et necessariis septi sumus,
tamen ne non timere quidem sinè aliquo timore possimus. Quæ si opposita Miloni putarem, cederem tempori, Judices ; nec inter tantam vim armorum existi-
marem oratori locum esse. Sed me recreat et reficit
Cn. Pompeii, sapientissimi et justissimi viri, consilium ; qui profectò nec justitiæ suæ putaret esse,
quem reum sententiis judicum tradidisset, eumdem
telis militum dedere ; nec sapientiæ, temeritatem

(1) *Coronâ*, le cercle que formait le peuple assemblé pour
assister aux débats.

concitatæ multitudinis auctoritate publicâ armare.

3. Quamobrem illa arma, centuriones, cohortes, non periculum nobis, sed præsidium denuntiant; ne que solùm ut quieto, sed etiam ut magno animo si mus, hortantur; neque auxilium modò defensioni meæ, verùm etiam silentium pollicentur (1). Reliqua verò multitudo, quæ quidem est civium, tota nostra est; neque eorum quisquam, quos undiquè intuentes, undè aliqua pars fori adspici potest, et hujus exitum judicii exspectantes videtis, non cùm virtuti Milonis favet, tùm de se, de liberis suis, de patriâ, de fortunis hodierno die decertari putat.

II. Unum genus est adversum, infestumque nobis, eorum, quos P. Clodii furor rapinis, et incendiis, et omnibus exitiis publicis pavit; qui hesternâ etiam concione incitati sunt, ut vobis voce præirent, quid judicaretis : quorum clamor, si quis fortè fuerit, ad monere vos debebit, ut eum civem retineatis, qui semper genus illud hominum clamoresque maximos pro vestrâ salute neglexit. Quamobrem adeste animis, Judices; et timorem, si quem habetis, deponite. Nam si unquàm de bonis et fortibus viris; si unquàm de l ene meritis civibus potestas vobis judicandi fuit; si deniquè unquàm locus amplissimorum ordinum de lectis viris datus est, ubi sua studia erga fortes et bonos cives, quæ vultu et verbis sæpè significâssent, re et sententiis declararent, hoc profectò tempore eam potestatem omnem vos habetis, ut statuatis utrùm nos, qui semper vestræ auctoritati dediti fui m's, semper miseri lugeamus; an diù vexati à perdi tissimis civibus aliquandò per vos, ac vestram fidem, virtutem, sapientiamque recreemur.

(1) *Verùm etiam silentium pollicentur*, me promettent que la défense sera religieusement écoutée.

5. Quid enim nobis duobus (1) Judices, laboriosius, quid magis sollicitum, magis exercitum dici aut fingi potest, qui, spe amplissimorum præmiorum ad rempublicam adducti, metu crudelissimorum suppliciorum carere non possumus? Equidem cæteras tempestates et procellas in illis duntaxat fluctibus concionum semper putavi Miloni esse subeundas, quòd semper pro bonis contra improbos senserat : in judicio verò, et in eo consilio, in quo ex cunctis ordinibus amplissimi viri judicarent, nunquàm existimavi spem ullam esse habituros Milonis inimicos, ad ejus non salutem modò exstinguendam, sed etiam gloriam per tales viros infringendam.

6. Quanquàm in hâc causâ, Judices, T. Annii tribunatu, rebusque omnibus pro salute reipublicæ gestis, ad hujus criminis defensionem non abutemur, nisi oculis videritis insidias Miloni à Clodio esse factas; nec deprecaturi sumus, ut crimen hoc nobis multa propter præclara in rempublicam merita condonetis; nec postulaturi, ut si mors P. Clodii salus vestra fuerit, idcircò eam virtuti Milonis potiùs, quàm populi Romani felicitati, assignetis. Sin illius insidiæ clariores hâc luce fuerint; tùm deniquè obsecrabo, obtestaborque vos, Judices, si cætera amisimus, hoc saltem nobis ut relinquatur, ab inimicorum audaciâ telisque vitam ut impunè liceat defendere.

III. PRÆPARATIO AD CAUSAM. Sed, antequàm ad eam orationem venio, quæ est propria nostræ quæstionis, videntur ea esse refutanda, quæ et in senatu ab inimicis sæpè jactata sunt, et in concionibus sæpè ab improbis, et paulò antè ab accusatoribus; ut omni errore sublato, rem planè quæ venit in judicium videre possitis. Negant intueri lucem esse fas ei qui à se ho-

_____

(1) *Nobis duobus*, Milon et Cicéron.   1..

minem occisum esse fateatur. In quâ tandem urbe
hoc homines stultissimi disputant? nempè in eâ, quæ
primum judicium de capite vidit M. Horatii, fortissimi viri; qui non liberâ civitate, tamen populi Romani comitiis liberatus est, cùm suâ manu sororem
interfectam esse fateretur.

8. An est quisquam qui hoc ignoret, cùm de homine occiso quæratur, aut negari solere omninò esse
factum, aut rectè ac jure factum esse defendi? Nisi
verò existimatis dementem P. Africanum (1) fuisse,
qui, cùm à C. Carbone, tribuno plebis, in concione
seditiosè interrogaretur quid de Tiberii Gracchi morte
sentiret, respondit jure cæsum videri. Neque enim
posset aut Ahala ille Servilius, aut P. Nasica, aut L.
Opimius, aut C. Marius, aut, me consule, senatus non
nefarius haberi, si sceleratos cives interfici nefas esset (2). Itaque hoc, Judices, non sinè causâ, etiam
fictis fabulis, doctissimi homines memoriæ prodide-
runt, eum (3), qui patris ulciscendi causâ matrem ne-
cavisset, variatis hominum sententiis, non solùm
humanâ, sed etiam sapientissimæ deæ sententiâ libe-
ratum. Quòd si duodecim tabulæ nocturnum furem,
quoquo modo, diurnum autem, si se telo defenderit,
interfici impunè voluerunt; quis est, qui, quoquo
modo quis interfectus sit, puniendum putet, cùm vi-
deat aliquandò gladium nobis ad occidendum hominem ab ipsis porrigi legibus?

(1.) *P. Africanum*, P. Scipion le Jeune, surnommé aussi
l'Africain.
(2). Cicéron rassemble ici avec soin les exemples des hommes les plus célèbres de Rome qui, dans certaines circonstances, ne craignaient pas d'immoler de leurs propres mains
des citoyens dangereux.
(3) *Eum*, Oreste. — *Deæ*, Minerve.

IV. Atqui si tempus est ullum jure hominis necandi, quæ multa sunt, certè illud est non modò justum, verùm etiam necessarium, cùm vi vis illata defenditur. Pudicitiam cùm eriperet militi tribunus militaris in exercitu C. Marii , propinquus ejus imperatoris, interfectus ab eo est, cui vim afferebat. Facere enim probus adolescens periculosè (1), quàm perpeti turpiter maluit ; atque hunc ille vir summus, scelere solutum, periculo liberavit. Insidiatori verò, et latroni quæ potest afferri injusta nex ?

10. Quid comitatus nostri, quid gladii volunt ? quos habere certè non liceret, si uti illis nullo pacto liceret. Est igitur hæc, Judices, non scripta, sed nata lex, quam non didicimus, accepimus, legimus ; verùm ex naturâ ipsâ arripuimus, hausimus, expressimus : ad quàm non docti, sed facti ; non instituti, sed imbuti sumus : ut si vita nostra in aliquas insidias, si in vim, si in tela aut latronum, aut inimicorum incidisset, omnis honesta ratio esset expediendæ salutis. Silent enim leges inter arma, nec se exspectari jubent, cùm ei, qui exspectare velit, antè injustè pœna luenda sit, quàm justa repetenda.

11. Etsi persapienter, et quodam modo tacitè, dat ipsa lex potestatem defendendi : quæ non modò hominem occidi, sed esse cum telo hominis occidendi causâ vetat ; ut, cùm causa, non telum quæreretur, qui suî defendendi causâ telo esset usus, non hominis occidendi causâ habuisse telum judicaretur. Quapropter hoc maneat in causâ, Judices : non enim dubito, quin probaturus sim vobis defensionem meam, si id memineritis quod oblivisci non potestis, insidiatorem jure interfici posse.

V. Sequitur illud, quod à Milonis inimicis sæpissimè

(1) *Periculosè*, s'exposer à perdre la vie.

dicitur, cædem, in quà P. Clodius occisus est, senatum judicâsse contra rempublicam esse factam. Illam
verò senatus non sententiis suis solum, sed etiam studiis (1) comprobavit. Quotiès enim est illa causa à nobis acta in senatu? quibus assentationibus universi
ordinis? quàm nec tacitis, nec occultis? Quandò enim
frequentissimo senatu, quatuor, ad summum quin-
que sunt inventi qui Milonis causam non proba-
rent? declarant hujus ambusti tribuni plebis illæ in-
termortuæ conciones, quibus quotidiè meam potentiam invidiosè criminabitur, cùm diceret, senatum
non quod sentiret, sed quod ego vellem, decernere.
Quæ quidem si potentia est appellanda potiùs, quàm
propter magna in rempublicam merita mediocris in
bonis causis auctoritas, aut propter officiosos labores
meos nonnulla apud bonos gratia; appelletur ità sanè,
dummodò eâ nos utamur pro salute bonorum contra
amentiam perditorum.

13. Hanc verò quæstionem, et si non est iniqua,
nunquàm tamen senatus constituendam putavit: erant
enim leges, erant quæstiones vel de cæde, vel de vi;
nec tantum mœrorem ac luctum senatui mors P. Clodii afferebat, ut nova quæstio constitueretur. Cujus
enim de illo incesto stupro judicium decernendi potestas senatui esset erepta, de ejus interitu quis potest
credere senatum judicium novum constituendum
putâsse? Cur igitur incendium curiæ, oppugnationem
ædium M. Lepidi, cædem hanc ipsam, contra rempublicam, senatus factam esse decrevit? Quia nulla
vis unquàm est in liberâ civitate suscepta inter cives,
non contra rempublicam. Non enim est illa defensio
contra vim unquàm optanda; sed nonnunquàm est
necessaria: nisi verò aut ille dies in quo Tiberius

(1) *Studiis*, ses affections, les sentimens qu'il a mani-
festés.

Gracchus est cæsus, aut ille quo Caius, aut quo arma
Saturnini oppressa sunt, etiamsi è republicâ, rempublicam tamen non vulnerârunt.

VI. Itaque ego ipse decrevi, cùm cædem in Appiâ
factam esse constaret, non eum qui se defendisset,
contra rempublicam fecisse ; sed, cùm inessent in re
vis et insidiæ, crimen judicio reservavi, rem notavi.
Quòd si per furiosum illum tribunum senatui, quod
sentiebat, perficere licuisset, novam quæstionem
nunc nullam haberemus : decernebat enim, ut vete-
ribus legibus, tantummodò extra ordinem, quæreretur.
Divisa sententia est, postulante nescio quo ; nihil
enim necesse est omnium flagitia proferre : sic reliqua auctoritas senatûs emptâ intercessione sublata est.

15. At enim Cn. Pompeius rogatione suâ, et de re
et de causâ judicavit : tulit enim de cæde quæ in Appiâ facta esset, in quâ P. Clodius occisus fuit. Quid
ergò tulit ? nempè ut quæreretur. Quid porrò quærendum est ? factumne sit ? at constat. A quo ? at patet.
Vidit igitur, etiam in confessione facti, juris tamen
defensionem suscipi posse. Quòd nisi vidisset posse
absolvi eum qui fateretur, cùm videret nos fateri, neque quæri unquàm jussisset, nec vobis tam salutarem
hanc in judicando litteram, quàm illam tristem, dedisset. Mihi verò Cn. Pompeius non modò nihil gra-
vius contra Milonem judicâsse, sed etiam statuisse
videtur, quid vos in judicando spectare oporteret.
Nam qui non pœnam confessioni, sed defensionem dedit, is causam interitûs quærendam, non interitum putavit. Jam illud dicet ipse profectò, quod suâ sponte
fecit, Publione Clodio tribuendum putârit, an tempori.

VII. Domi suæ nobilissimus vir, senatûs propugnator, atque illis quidem temporibus penè patronus,
avunculus hujus nostri judicis, fortissimi viri, M. Ca-
tonis, tribunus plebis M. Drusus, occisus est. Nihil de

ejus morte populus consultus, nulla quæstio decreta
à senatu est. Quantum luctum in hâc urbe fuisse à
nostris patribus accepimus, cùm P. Africano domi
suæ quiescenti illa nocturna vis esset illata : quis tùm
non gemuit? quis non arsit dolore? quem immortalem, si fieri posset, omnes esse cuperent, ejus ne necessariam quidem exspectatam esse mortem?

17. Nùm igitur ulla quæstio de Africani morte lata
est? certè nulla. Quid ità? quia non alio facinore clari homines, alio obscuri necantur. Intersit inter vitæ dignitatem summorum atque infimorum : mors
quidem illata per scelus iisdem et pœnis teneatur et
legibus. Nisi fortè magis erit parricida, si quis consularem patrem, quàm si quis humilem necaverit : aut
eò mors atrocior erit P. Clodii, quòd is in monumentis majorum suorum sit interfectus; hoc enim sæpè
ab istis dicitur : perindè quasi Appius ille cæcus viam
munierit, non quà populus uteretur, sed ubi impunè
sui posteri latrocinarentur.

18. Itaque in eâdem istâ Appiâ viâ, cùm ornatissimum equitem romanum P. Clodius M. Papirium occidisset, non fuit illud facinus puniendum : homo
enim nobilis in suis monumentis equitem romanum
occiderat. Nunc ejusdem Appiæ nomen quantas tragœdias excitat? quæ cruentata anteà cæde honesti atque innocentis viri silebatur, eadem nunc crebrò
usurpatur, posteaquàm latronis et parricidæ sanguine
imbuta est.

19. Sed quid ego illa commemoro? comprehensus est
in templo Castoris servus Publii Clodii, quem ille ad
Cn. Pompeium interficiendum collocârat : extorta est
confitenti sica de manibus : caruit foro (1) posteà

_____

(1) *Caruit foro*, Pompée s'abstint ensuite de paraître au
Forum.

Pompeius; caruit senatu ; caruit publico : januâ se
ac parietibus, non jure legum judiciorumque texit.
Nùm quæ rogatio lata ? nùm quæ nova quæstio decreta
est? Atqui, si res, si vir, si tempus ullum dignum
fuit, certè hæc in illâ causâ summa omnia fuerunt.
Insidiator erat in foro collocatus, atque in vestibulo
ipso senatûs : ei viro autem mors parabatur, cujus in
vitâ nitebatur salus civitatis ; eo porrò reipublicæ
tempore, quo si unus ille cecidisset, non hæc solùm
civitas, sed gentes omnes concidissent : nisi fortè,
quia perfecta res non est, non fuit punienda ; perindè
quasi exitus rerum, non hominum consilia legibus
vindicentur : minùs dolendum fuit re non perfectâ,
sed puniendum certè nihilominùs. Quotiès ego ipse,
Judices, ex P. Clodii telis, et ex cruentis ejus manibus effugi ! ex quibus si me non vel mea, vel reipublicæ fortuna servâsset, quis tandem de interitu meo
quæstionem tulisset ?

  VIII. Sed stulti sumus, qui Drusum, qui Africanum, Pompeium, nosmetipsos, cum P. Clodio con-
ferre audeamus : tolerabilia fuerunt illa : P. Clodii
mortem æquo animo nemo ferre potest : luget seena-
tus ; mœret equester ordo ; tota civitas confecta senio
est ; squalent municipia ; affliciantur coloniæ ; agri
deniquè ipsi tam benificum, tam salutarem, tam
mansuetum civem desiderant.

  21. Non fuit ea causa, Judices, profectò non fuit,
cur sibi censeret Pompeius quæstionem ferendam :
sed homo sapiens, et altâ et divinâ quâdam mente
præditus, multa vidit ; fuisse sibi illum inimicum,
familiarem Milonem : in communi omnium lætitià si
etiam ipse gauderet, timuit ne videretur infirmior
fides reconciliatæ gratiæ (1) ; multa etiam alia vidit,

_____

  (1) *Reconciliatæ gratiæ*. Il faut, dans la pensée, sous-en-

sed illud maximè, quamvis atrociter ipse tulisset, vos
tamen fortiter judicaturos. Itaque delegit è florentis-
simis ordinibus ipsa lumina (1); neque verò, quod
nonnulli dictitant, secrevit in judicibus legendis ami-
cos meos : neque enim boc cogitavit vir justissimus ;
neque in bonis viris legendis id assequi potuisset,
etiamsi cupiisset : non enim mea gratia familiaritati-
bus continetur, quæ latè patere non possunt, propter-
eà quòd consuetudines victûs non possunt esse cum
multis : sed, si quid possumus, ex eo possumus, quòd
respublica nos conjunxit cum bonis ; ex quibus ille
cùm optimos viros legeret, idque maximè ad fidem
suam pertinere arbitraretur, non potuit legere non
studiosior meî.

22. Quòd verò te, L. Domiti, huic quæstioni præesse
maximè voluit, nihil quæsivit aliud, nisi justitiam,
gravitatem, humanitatem, fidem : tulit, ut consularem necesse esset ; credo, quòd principium munus esse ducebat, resistere et levitati multitudinis, et perditorum temeritati : ex consularibus te creavit potissimùm ; dederas enim, quàm contemneres populares
insanias, jam ab adolescentiâ documenta maxima (2).

IX. Quamobrem, Judices, ut aliquandò ad causam
crimenque veniamus, si neque omnis confessio facti
est inusitata, neque de causâ quidquam nostrâ aliter
ac nos vellemus à senatu judicatum est ; et lator ipse
legis, cùm esset controversia nulla facti, juris tamen
disceptationem esse voluit ; et electi judices, isque

tendre *cum Clodio*. Pompée, en effet, s'était réconcilié avec
Clodius peu de temps avant la mort de ce dernier.

(1) *Ipsa lumina*, expression métaphorique. Les hommes
les plus éclairés.

(2) Cicéron veut rappeler ici une circonstance où Domi-
tius, étant préteur, comprima une sédition naissante.

præpositus quæstioni, qui hæc justè sapienterque disceptet; reliquum est, Judices, ut nihil jam aliud quærere debeatis, nisi uter utri insidias fecerit : quod quò faciliùs argumentis perspicere possitis, rem gestam vobis dùm breviter expono, quæso, diligenter attendite.

24. NARRATIO. P. Clodius cùm statuisset omni scelere in præturâ vexare rempublicam, videretque ità tracta esse comitia anno superiore, ut non multos menses præturam gerere posset ; qui non honoris gradum spectaret, ut cæteri, sed et L. Paulum collegam effugere vellet, singulari virtute civem, et annum integrum ad dilacerandam rempublicam quæreret, subitò reliquit annum suum, seque in annum proximum transtulit ; non, ut fit, religione aliquà, sed ut haberet, quod ipse dicebat, ad præturam gerendam, hoc est, ad evertendam rempublicam, plenum annum atque integrum.

25. Occurrebat ei (1) mancam ac debilem præturam suam futuram, consule Milone : eum porrò summo consensu populi Romani consulem fieri videbat. Contulit se ad ejus competitores; sed ità, totam ut petitionem ipse solus, etiam invitis illis, gubernaret ; tota ut comitia suis, ut dictitabat, humeris sustineret : convocabat tribus: se interponebat : Collinam novam, delectu perditissimorum civium, conscribebat. Quantò ille plura miscebat, tantò hic magis in dies convalescebat. Ubi vidit homo, ad omne facinus paratissimus, fortissimum virum, inimicissimum suum, certissimum consulem ; idque intellexit non solùm sermonibus, sed etiam suffragiis populi Romani sæpè esse declaratum, palàm agere cœpit, et apertè dicere occidendum Milonem.

(1) Occurrebat ei (in animo), il prévoyait que.....

2

26. Servos agrestes et barbaros, quibus silvas pu-
blicas depopulatus erat, Etruriamque vexârat, ex A-
pennino deduxerat, quos videbatis : res erat minimò
obscura : etenim palàm dictitabat consulaum Miloni
eripi non posse, vitam posse : significavit hoc sæpè
in senatu ; dixit in concione : quinetiam Favonio,
fortissimo viro, quærenti ex eo, quâ spe fureret, Milone vivo, respondit triduo illum, ad summum (1)
quatriduo, periturum : quàm vocem ejus ad hunc M.
Catonem statim Favonius detulit.

X. Interìm cùm sciret Clodius (neque enim erat
difficile scire) iter solemne, legitimum, necessarium,
ante diem XIII calendas feb. Miloni esse Lanuvium(2)
ad flaminem prodendum (3), quòd erat dictator Lanuvii Milo, Româ subitò ipse profectus pridiè est, ut
ante suum fundum (quod re intellectum est) Miloni
insidias collocaret : atque ità profectus est, ut concionem turbulentam, in quâ ejus furor desideratus
est, quæ illo ipso die habita est, relinqueret ; quam,
nisi obire facinoris locum tempusque voluisset, nunquàm reliquisset.

28. Milo autem, cùm in senatu fuisset eo die quoad
senatus dimissus est, domum venit : calceos et vesti-
menta mutavit ; paulisper, dùm se uxor, ut fit, com-
parat, commoratus est ; deindè profectus est id temporis, cùm jam Clodius, si quidem eo die Romam
venturus erat, redire potuisset. Obviàm fit ei Clodius
expeditus in equo, nullâ rhedâ, nullis impedimentis,
nullis græcis comitibus, ut solebat ; sinè uxore, quod
nunqaàm ferè : cùm hic insidiator, qui iter illud ad

(1) *Ad summum*, au plus.
(2) *Lanuvium*, ville du Latium sur la voie Appienne.
(3) *Ad flaminem prodendum* ou *creandum*. Les flamines
étaient les prêtres de Junon.

cædem faciendam apparâsset, cum uxore veheretur in rhedâ, penulatus, magno impedimento, et muliebri ac delicato ancillarum puerorumque comitatu.

29. Fit obviàm Clodio ante fundum ejus horâ ferè undecimâ, aut non multò secùs : statìm complures cum telis in hunc faciunt de loco superiore impetum: adversi rhedarium occidunt. Cùm autem hic de rhedâ, rejectâ penulâ, desiluisset, seque acri animo defenderet; illi, qui erant cum Clodio, gladiis eductis, partìm recurrere ad rhedam, ut à tergo Milonem adorirentur; partìm, quòd hunc jam interfectum putarent, cædere incipiunt ejus servos, qui pòst erant; ex quibus, qui animo fideli in dominum et præsenti fuerunt, partìm occisi sunt, partìm cùm ad rhedam pugnari viderent, et domino currere prohiberentur, Milonemque occisum etiam ex ipso Clodio audirent, et ità esse putarent; fecerunt id servi Milonis (dicam enim non derivandi criminis causâ, sed ut factum est), neque imperante, neque sciente, neque præsente domino, quod suos quisque servos in tali re facere voluisset.

XI. CONFIRMATIONIS PARS PRIOR. Hæc, sicut exposui, ità gesta sunt, Judices : insidiator superatus, vi victà vis, vel potiùs oppressa virtute audacia est. Nihil dico, quid respublica consecuta sit; nihil, quid omnes boni : nihil sanè id prosit Miloni, qui hoc facto nactus est, ut ne se quidem servare potuerit, quin unà rempublicam vosque servaret. Si id jure non posset, nihil habeo quod defendam (1) : sin hoc et ratio doctis, et necessitas barbaris, et feris natura ipsa præscripsit, ut omnem semper vim, quâcunque ope possent, à corpore, à capite, à vità suâ propulsarent,

_____

(1) *Nihil habeo quod defendam.* Je n'ai plus de moyens de défense; il est inutile que je plaide la cause.

non potestis hoc facinus improbum judicare, quin simul judicetis, omnibus qui in latrones inciderint, aut illorum telis, aut vestris sententiis esse pereundum.

31. Quod si ità putàsset, certè optabilius Miloni fuit dare jugulum P. Clodio, non semel ab illo, neque tùm primùm petitum, quàm jugulari à vobis, quia se illi non jugulandum tradidisset : sin hoc nemo vestrûm ità sentit, illud jam in judicium venit, non, occisusne sit, quod fatemur ; sed jure, an injuriâ, quod multis in causis sæpè quæsitum est. Insidias factas esse constat ; et id est, quod senatus contra rempublicam factum judicavit ; ab utro factæ sint, incertum est : de hoc igitur latum est ut quæreretur. Ità et senatus rem, non hominem, notavit ; et Pompeius de jure, non de facto, quæstionem tulit.

XII. Numquid igitur aliud in judicium venit, nisi uter utri insidias fecerit ? profectò nihil : si hic illi, ut ne sit impunè ; si ille huic, tùm nos scelere salvamur. Quonam igitur pacto probari potest insidias Miloni fecisse Clodium ? Satis est quidem in illâ tam audaci, tam nefariâ belluâ, docere, magnam ei causam, magnam spem in Milonis morte propositam, magnas utilitates fuisse. Itaque illud Cassianum, *cui bono fuerit* (1), in his personis valeat ; et si boni nullo emolumento impelluntur in fraudem, improbi sæpè parvo. Atqui, Milone interfecto, Clodius hoc assequebatur, non modò ut prætor esset, non eo consule, quo sceleris nihil facere posset ; sed etiam ut his consulibus prætor esset, quibus si non adjuvantibus, at conniventibus certè sperâsset se posse rempublicam eludere in illis suis cogitatis furoribus ; cujus ille conatus, ut

_____

(1) *Cui bono fuerit.* Quel avantage le coupable espérait-il retirer de son crime ?

ipse ratiocinabatur, nec , si possent, reprimere cuperent, cùm tantum beneficium ei se debere arbitra-
rentur ; et , si vellent , fortassè vix possent frangere
hominis sceleratissimi corroboratam jam vetustate
audaciam.

33. An verò, Judices, vos soli ignoratis, vos hos-
pites in hâc urbe versamini, vestræ peregrinantur
aures, neque in hoc pervagato civitatis sermone ver-
santur, quas ille leges (si leges nominandæ sunt, ac
non faces urbis et pestes reipublicæ), fuerit impositu-
rus nobis omnibus atque inusturus? Exhibe, quæso,
Sexte Clodi, exhibe librarium illud legum vestrarum,
quod te aiunt eripuisse è domo , et ex mediis armis
turbâque nocturnâ, tanquàm Palladium (1) sustulisse,
ut præclarum videlicèt munus , atque instrumentum
tribunatûs ad aliquem, si nactus esses, qui tuo arbitrio
tribunatum gereret, deferre posses. Et aspexit me
illis quidem oculis, quibus tùm solebat, cùm omnia omnibus minabatur. Movet me quippè lumen curiæ (2).

XIII. Quid ? tu me iratum, Sexte, putas tibi, cujus
tu inimicissimum multò crudeliùs etiam punitus es (3),
quàm erat humanitatis meæ postulare? Tu P. Clodii
cruentum cadaver ejecisti domo : tu in publicum
abjecisti ; tu spoliatum imaginibus, exsequiis, pompâ,
laudatione, infelicissimis lignis semiustulatum , noc-

(1) *Palladium*, statue de Pallas. Les Troyens regardaient
cette statue comme leur sauve-garde. Elle leur fut enlevée
par Dioméde et Ulysse.

(2) *Lumen curiæ*, expression ironique. Il s'agit de ce même
Sextus Clodius, affranchi de Clodius. Ce Sextus Clodius avait
incendié le sénat en livrant aux flammes le corps de son
maître.

(3) *Punitus es*. Parfait de forme passive avec la significa-
tion active. On en trouve peu d'exemples.

turnis canibus dilaniandum reliquisti : quâ re, et si
nefariè fecisti, tamen, quoniam in meo inimico cru-
delitatem exprompsisti tuam , laudare non possum,
irasci certè non debeo.

35. P. Clodii praeturam non sinè maximo rerum
novarum metu proponi et solutam fore videbatis, nisi
esset is consul, qui eam auderet possetque constrin-
gere : eum Milonem esse cùm sentiret universus populus Romanus, quis dubitaret suffragio suo, se metu,
periculo rempublicam liberare? At nunc P. Clodio
remoto, usitatis jam rebus enitendum est Miloni, ut
tueatur dignitatem suam : singularis illa huic uni
concessa gloria, quæ quotidiè augebatur frangendis
furoribus Clodianis, jam morte Clodii cecidit. Vos
adepti estis, ne quem civem metueritis : hic exercita-
tionem virtutis, suffragationem consulatûs, fortem ,
perennem gloriæ suæ perdidit. Itaque Milonis con-
sulatus, qui, vivo Clodio, labefactari non poterat,
mortuo deniquè tentari cœptus est. Non modò igitur
nihil prodest, sed obest etiam P. Clodii mors Miloni.

36. At valuit odium: fecit iratus, fecit inimicus,
fecit ultor injuriæ, punitor doloris sui. Quid, si hæc,
non dico majora fuerunt in Clodio, quàm in Milone,
sed in illo maxima, nulla in hoc? quid vultis ampliùs?
quid enim odisset Clodium Milo, segetem ac materiam
suæ gloriæ, præter hoc civile odium, quo omnes improbos odimus? Ille erat ut odisset, primùm defensorem salutis meæ, deindè vexatorem furoris, domitorem
armorum suorum, postremò etiam accusatorem suum:
reus enim Milonis, lege Plotiâ, fuit Clodius, quoad
vixit. Quo tandem animo hoc tyrannum tulisse cre-
ditis? quantum odium illius, et, in homine injusto,
quàm etiam justum !

XIV. Reliquum est, ut jam illum natura ipsius
consuetudoque defendat; hunc autem hæc eadem

coarguant : nihil per vim unquàm Clodius , omnia per vim Milo. Quid ergò, Judices? cùm mœrentibus vobis urbe cessi, judiciumne timui ? non servos, non arma, non vim ? quæ fuisset igitur causa restituendi meî, nisi ei fuisset injusta ejiciendi ? Diem mihi , credo, dixerat ; multam irrogârat ; actionem perduellionis intenderat ; et mihi , videlicet, in causâ vestrâ malâ, aut meâ nec præclarissimâ, judicium timendum fuit ? Servorum, et egentium civium , et facinorosorum armis meos cives, meis consiliis periculisque servatos, pro me objici nolui.

38. Vidi enim , vidi hunc ipsum Q. Hortensium , lumen et ornamentum reipublicæ, penè interfici servorum manu, cùm mihi adcsset : quâ in turbâ C. Vibienus, senator, vir optimus, cum hoc cùm esset unâ, ità est mulctatus, ut vitam amiserit. Itaquè quandò illius posteà sica illa, quam à Catilinâ acceperat, conquievit ? Hæc intentata nobis est : huic ego vos objici pro me non sum passus : hæc insidiata Pompeio est : hæc istam Appiam , monumentum sui nominis, nece Papirii cruentavit : bæc, hæc eadem longo intervallo conversa rursùs est in me : nuper quidem, ut scitis , me ad regiam penè confecit.

39. Quid simile Milonis ? cujus vis omnis hæc semper fuit, ne P. Clodius, cùm in judicium detrahi non posset, vi oppressam civitatem teneret : quem si interficere voluisset , quantæ , quotiès occasiones, quàm præclaræ fuerunt ? Potuitne , cùm domum ac Deos Penates suos, illo oppugnante, defenderet, jurè se ulcisci ? potuitne , cive egregio et viro fortissimo , P. Sextio, collegâ suo, vulnerato ? potuitne, Q. Fabricio, viro optimo, cùm de reditu meo legem ferret pulso, crudelissimâ in foro cæde factâ? potuitne , L. Cæcilii, justissimi fortissimique prætoris, oppugnatâ domo ? potuitnè illâ die, cùm est lata lex de me ? cùm

totius Italiæ concursus, quem mea salus concitârat, facti illius gloriam libens agnovisset; ut, si etiam id Milo fecisset, cuncta civitas eam laudem pro suâ vindicaret?

XV. Atque erat id temporis clarissimus et fortissimus consul, inimicus Clodio, P. Lentulus, ultor sceleris illius, propugnator senatûs, defensor vestræ voluntatis, patronus illius publici consensûs, restitutor salutis meæ; septem prætores, octo tribuni plebis illius adversarii, defensores mei; Cn. Pompeius auctor et dux mei reditûs, illius hostis; cujus sententiam senatus omnis de salute meâ gravissimam et ornatissimam secutus est; qui populum Romanum cohortatus est; qui, cùm de me decretum Capuæ fecit, ipse cunctæ Italiæ cupienti et ejus fidem imploranti signum dedit, ut ad me restituendum Romam concurrerent : omnia tùm deniquè in illum odia civium ardebant desiderio mei : quem qui tùm interemisset, non de impunitate ejus sed de præmiis cogitaretur.

41. Tamen se Milo continuit, et Publium Clodium ad judicium bis, ad vim nunquàm vocavit. Quid? privato Milone, et reo ad populum, accusante Publio Clodio, cùm in Cn. Pompeium pro Milone dicentem impetus factus est : quæ tùm non modò occasio, sed etiam causa illius opprimendi fuit? Nuper verò cùm Marcus Antonius (1) summam spem salutis bonis omnibus attulisset, gravissimamque adolescens nobilissimus reipublicæ partem fortissimè suscepisset, atque illam belluam, judicii laqueos declinantem (2), jam irretitam teneret; qui locus, quod tempus illud, Dii immortales! fuit, cùm se ille fugiens in scalarum te-

(1) M. Antoine, le même qui dans la suite fut triumvir.
(2) *Judicii laqueos declinantem*, qui craignait de se voir enlacé dans une condamnation.

nebras abdidisset, magnum Miloni fuit conficere illam
pestem nullâ suâ individiâ, Antonii verò maximâ
gloriâ ?

42. Quid ? comitiis in campo quotiès potestas fuit !
cùm ille vi in septa irruisset, gladios destringendos,
lapides jaciendos curâsset; deindè subitò, vultu Milonis perterritus, fugeret ad Tiberim ; vos et omnes boni
vota faceretis, ut Miloni uti virtute suâ liberet (1) !

XVI. Quem igitur cum omnium gratiâ noluit, hunc
voluit cum aliquorum querelâ? quem jure, quem loco,
quem tempore, quem impunè non est ausus ; hunc
injuriâ, iniquo loco, alieno tempore, periculo capitis,
non dubitavit occidere?

44. Præsertim, Judices, cùm honoris amplissimi
contentio, et dies comitiorum subesset; quo quidem
tempore (scio enim quàm timida sit ambitio, quan-
taque et quàm sollicita sit cupiditas consulatûs), omnia non modò quæ reprehendi palàm, sed etiam quæ
obscurè cogitari possunt timemus ; rumorem, fabu-
lam falsam, fictam, levem perhorrescimus ; ora omnium atque oculos intuemur : nihil enim est tam
molle, tam tenerum, tam aut fragile, aut flexibile,
quàm voluntas erga nos sensusque civium, qui non
modò improbitati irascuntur candidatorum, sed etiam
in rectè factis sæpè fastidiunt.

45. Hunc diem igitur campi speratum atque exop-
tatum sibi proponens Milo, cruentis manibus, scelus
et facinus præ se ferens, et confitens, ad illa augusta
centuriarum auspicia veniebat? quàm hoc non credi-
bile in hoc ! quàm idem in Clodio non dubitandum,
qui se, interfecto Milone, regnaturum putaret? Quid?
quod caput (2) audaciæ est, Judices, quis ignorat

(1) *Liberet*, imp. du subj. de l'impers. *libet*.
(2) *Caput*, le comble, ce que l'audace a de plus extrême.

2.

maximam illecebram esse peccandi impunitatis spem?
In utro igitur hæc fuit? in Milone, qui etiam nunc
reus est facti, aut præclari, aut certè necessarii? an
in Clodio, qui ità judicia pœnamque contempserat, ut
eum nihil delectaret, quod aut per naturam fas esset,
aut per leges liceret?

46. Sed quid ego argumentor, quid plura disputo?
Te, Q. Petili, appello optimum et fortissimum civem :
te, M. Cato, testor, quos mihi divina quædam sors
dedit judices. Vos ex M. Favonio audîstis Clodium
sibi dixisse, et audîstis, vivo Clodio, periturum Milonem triduo ; post diem tertium gesta res est. Cùm ille
non dubitaret aperire quid cogitaret, vos potestis du-
bitare quid fecerit?

XVII. Quemadmodùm igitur eum dies non fefellit?
dixi equidem modò. Dictatoris Lanuvini stata sacri-
ficia nôsse negotii nihil erat (1) : vidit necesse esse
Miloni proficisci Lanuvium illo ipso, quo profectus
est, die : itaquè antevertit. At quo die? quo, ut antè
dixi, insanissima concio ab ipsius mercenario tribuno
plebis est concitata : quem diem ille, quam concionem, quos clamores, nisi ad cogitatum facinus appro-
peraret, nunquàm reliquisset. Ergò illi ne causa
quidem itineris, etiam causa manendi ; Miloni manendi nulla facultas, exeundi non causa solùm, sed
etiam necessitas fuit. Quid, si, ut ille scivit Milonem
fore eo die in viâ, sic Clodium Milone suspicari quidem potuit?

48. Primùm quæro qui scire potuerit, quod vos
idem in Clodio quærere non potestis : ut enim neminem alium, nisi T. Patinam, familiarissimum suum,
rogâsset ; scire potuit, illo ipso die Lanuvii à dictatore
Milone prodi flaminem necesse esse : sed erant per-

_____

(1) *Negotii nihil erat*, il n'était pas difficile de savoir.

multi alii, ex quibus·id facillimè scire posset : omnes
scilicèt Lanuvini. Milo de Clodii reditu undè quæsivit? quæsierit sanè : videte , quid vobis largiar :
servum etiam, ut Arrius meus amicus dixit, corrupe-
rit. Legite testimonia testium vestrorum : dixit Caius
Cassinius, cognomento Schola, Interamnas (1) , fami-
liarissimus et idem comes Publii Clodii, cujus jampri-
dem testimonio Clodius eâ dem horâ Interamnæ fuerat
et Romæ, P. Clodium illo die in Albano (2) mansurum
fuisse ; sed subitò ei esse nuntiatum Cyrum architec-
tum esse mortuum : itaque Romam repentè consti-
tuisse proficisci : dixit hoc comes item Publii Clodii
Caius Clodius.

XVIII. Videte, Judices, quantæ res his testimoniis
sint confectæ. Primùm certè liberatur Milo , non eo
consilio profectus esse ut insidiaretur in viâ Clodio ,
quippè qui ei obvius futurus omninò non erat :
deindè (non enim video cur non meum quoque agam
negotium) scitis, Judices, fuisse, qui in hâc rogatione
suadendâ dicerent, Milonis manu cædem esse factam,
consilio verò majoris alicujus. Videlicet me latronem
ac sicarium abjecti homines et perditi de scribebant.
Jacent suis testibus (3) ii qui Clodium negant eo die
Romam, nisi de Cyro audîsset fuisse rediturum. Res-
piravi : liberatus sum : non vereor ne , quod ne suspicari quidem potuerim, videar id cogitâsse.

50. Nunc persequar cætera ; nam occurrit illud ,
igitur ne Clodius quidem de insidiis cogitavit, quo-

(1) *Interamnas*, ville distante de Rome de quinze lieues.
(2) *In Albano*. C'était surtout dans ce territoire qu'étaient
situées les maisons de plaisance les plus magnifiques des
nobles de Rome.
(3) *Jacent suis testibus*. Ils sont accablés par les déposi-
tions mêmes des témoins qu'ils avaient produits.

niam fuit in Albano mansurus : si quidem exiturus
ad cædem è villâ non fuisset. Video enim illum , qui
dicitur de Cyri morte nuntiâsse, non id nuntiâsse, sed
Milonem appropinquare : nam quid de Cyro nuntia-
ret, quem Clodius Româ proficiscens reliquerat mo-
rientem ? Unà fui, testamentum simul obsignavi cum
Clodio : testamentum autem palàm fecerat, et illum
hæredem , et me scripserat. Quem pridiè horâ tertiâ
animam efflantem reliquisset , eum mortuum postridiè horâ decimâ deniquè ei nuntiabatur ?

XIX. Age, sit ità factum : quæcausa cur Romam
properaret ? cur in noctem se conjiceret ? quid afferebat causa festinationis ! quòd hæres erat ? Primùm
erat nihil cur properato opus esset : deindè, si quid
esset, quid tandem erat quod eâ nocte consequi posset, amitteret autem si postridiè manè Romam venis-
set ? Atque, ut illi nocturnus ad urbem adventus vi-
tandus potiùs quàm expetendus fuit, sic Miloni, cùm
insidiator esset, si illum ad urbem noctu accessurum
sciebat , subsidendum atque exspectandum fuit.

52. Noctu , invidioso et pleno latronum in loco
occidisset : nemo ei neganti non credidisset, quem
esse omnes salvum, etiam confitentem, volunt. Susti-
nuisset hoc crimen primùm ipse ille latronum occul-
tator et receptator locus (1), dùm neque muta solitudo
indicàsset , neque cæca nox ostendisset Milonem :
deindè ubi multi ab illo violati, spoliati, bonis expulsi,
multi etiam hæc timentes, in suspicionem caderent :
tota deniquè rea citaretur Etruria.

53. Atque illo die certè Ariciâ rediens, divertit
Clodius ad se in Albanum : quòd ut sciret Milo illum
Ariciæ fuisse, suspicari tamen debuit, eum, etiamsi
Romam illo die reverti vellet, ad villam suam, quæ

(1) *Locus.* Il s'agit toujours de la voie Appienne.

viam tangeret, diversurum : cur neque antè occurrit,
ne ille in villâ resideret ; nec eo in loco subsedit, quò
ille noctu venturus esset ?

54. Video adhùc constare omnia, Judices, Miloni
etiam utile fuisse Clodium vivere ; illi ad ea quæ con-
cupierat , optatissimum interitum Milonis : odium
fuisse illius in hunc acerbissimum ; in illum hujus
nullum : consuetudinem illius perpetuam in vi infe-
rendâ ; hujus tantùm in repellendâ : mortem ab illo
denuntiatam Miloni, et prædictam palàm ; nihil unquàm auditum ex Milone : profectionis hujus diem illi
notum ; reditum illius huic ignotum fuisse : hujus
iter necessarium ; illius etiam potiùs alienum : hunc
præ se tulisse se illo die Româ exiturum ; illum eo die
se dissimulâsse rediturum : hunc nullius rei mutâsse
consilium ; illum causam mutandi consilii finxisse :
huic, si insidiaretur, noctem prope urbem exspectan-
dam ; illi etiam si hunc non timeret, tamen accessum
ad urbem nocturnum fuisse metuendum.

XX. Videamus nunc id quod caput est (1) ; locus ad
insidias ille ipse, ubì congressi sunt, utri tandem
fuerit aptior. Id verò, Judices, etiam dubitandum, et
diutiùs cogitandum est ? Ante fundum Clodii ; quo in
fundo , propter insanas illas substructiones, facilè
mille hominum versabatur valentium. Edito adversarii atque excelso loco, superiorem se fore putabat
Milo, et ob eam rem eum locum ad pugnam potissimùm elegerat? an in eo loco est potiùs exspectatus ab
eo, qui ipsius loci spe facere impetum cogitarât ? Res
loquitur ; Judices, ipsa, quæ semper valet plurimùm.

(1) *Videamus nunc id quod caput est (accusationis)... (id
quo maximè crimen probari potest)*, examinons maintenant
le point le plus important.

56. Si hæc non gesta auditeris, sed picta videretis,
tamen apparet uter esset insidiator, uter nihil cogitaret mali, cùm alter veheretur in rhedâ penulatus,
unà sederet uxor: quid horum non impeditissimum?
vestitus, an vehiculum, an comes? quid minùs promp-
tum ad pugnam, cùm penulâ irretitus, rhedâ impe-
ditus, uxore penè constrictus esset? Videte nunc
illum, primùm egredientem è villâ: subitò; cur? ves-
peri; quid necesse est? tardè; quî convenit, id præsertìm temporis? Divertit in villam Pompeii. Pompeium ut videret? sciebat in Alsiensi esse. Villam ut
perspiceret? millies in eâ fuerat. Quid ergò erat mo-
ræ et tergiversationis? dùm hic veniret, locum relin-
quere noluit.

XXI. Age nunc, iter expediti latronis cum Milonis
impedimentis comparate. Semper ille anteà cum uxore; tùm sinè eâ: nunquàm non in rhedâ; tùm in
equo: comites Græculi, quocunquè ibat, etiam cùm
in castra Etrusca properabat; tùm nugarum in comitatu nihil. Milo, qui nunquàm, tùm casu pueros
symphoniacos uxoris ducebat, et ancillarum greges:
ille, qui semper secum scorta, semper exoletos ducebat, tùm neminem, nisi ut virum à viro lectum esse
diceres. Cur igitur victus est? quia viator non semper à latrone, nonnunquàm etiam latro à viatore oc-
ciditur: quia, quanquàm paratus in imparatos Clodius, tamen mulier inciderat in viros.

58. Nec verò sic erat unquàm non paratus Milo contra illum, ut non satìs ferè esset paratus; semper ille et
quantùm interesset P. Clodii se perire, et quanto illi
odio esset, et quantùm ille auderet, cogitabat. Quamobrem vitam suam quam maximis præmiis propositam et penè addictam sciebat, nunquàm in periculum
sinè præsidio et sinè custodiâ projiciebat. Adde casus,
adde incertos exitus pugnarum, Martemque commu-

nem (1), qui sæpè spoliantem jam et exsultantem
evertit, et perculit ab abjecto ; adde inscitiam pransi,
poti, oscitantis ducis ; qui cùm à tergo hostem inter-
clusum reliquisset, nihil de ejus extremis comitibus
cogitavit : in quos incensos irâ, vitamque domini des-
_perantes cùm incidisset, hæsit in iis pœnis, quas ab
· eo servi fideles pro domini vitâ expetiverunt.

59. Cur igitur eos manumisit ? metuebat scilicet ,
ne indicarent, ne dolorem perferre non possent, ne
tormentis cogerentur occisum esse à servis Milonis
in Appià via P. Clodium confiteri. Quid opus est tor-
tore ? quid quæris ? occideritne ? occidit. Jure, an injuriâ ? nihil ad tortorem. Facti enim in equuleo quæstio est, juris in judicio.

XXII. Quod igitur in causâ quærendum est, id aga-
mus hìc : quod tormentis invenire vis, id fatemur.
Manu verò cur miserit, si id potiùs quæris, quàm cur
parùm amplis affecerit præmiis, nescis inimici factum reprehendere. Dixit enim hic idem, qui omnia
semper constanter et fortiter, M. Cato ; dixitque in
turbulentâ concione, quæ tamen hujus auctoritate
placata est, non libertate solùm, sed etiam omnibus
præmiis dignissimos fuisse qui domini caput defen-
dissent. Quod enim præmium satis magnum est tam
benevolis, tam bonis, tam fidelibus servis, propter
quos vivit ? etsi id quidem non tanti est, quàm quòd
propter eosdem non sanguine et vulneribus suis cru-
delissimi inimici mentem oculosque satiavit : quos
nisi manumisisset, tormentis etiam dedendi fuissent
conservatores domini, ultores sceleris, defensores
necis (2). Hic verò nihil habet in his malis quod mi-

---

(1) *Martem communem*, c. à d. *æquum omnibus.*
(2) *Defensores necis*, qui l'ont défendu contre la mort.

nùs molestè ferat, quàm, etiam si quid ipsi accidat, esse tamen illis meritum præmium persolutum.

61. Sed quæstiones urgent Milonem, quæ sunt habitæ nunc in atrio Libertatis. Quibusnam de servis? rogas? de P. Clodii. Quis eos postulavit? Appius (1). Quis produxit? Appius. Undè? ab Appio. Dii boni! quid potest agi severius? De servis nulla quæstio est in dominos, nisi de incestu, ut fuit in Clodium. Proximè ad Deos accessit Clodius, propiùs quàm tùm, cùm ad ipsos penetrârat; cujus de morte, tanquàm de cæremoniis violatis, quæritur. Sed tamen majores nostri in dominum de servo quæri noluerunt; non quin posset verum inveniri, sed quia videbatur indignum esse, et dominis morte ipsâ tristius. In reum de servis accusatoris cùm quæritur, verum inveniri potest?

62. Age verò, quæ erat, aut qualis quæstio? Heus tu, Ruscio (verbi causâ), cavesis mentiare. Clodius insidias fecit Miloni? Fecit. Certa crux. Nullas fecit. Sperata libertas. Quid hâc quæstione certius? Subitò arrepti in quæstionem, tamen separantur à cæteris et in arcas conjiciuntur, ne quis cum iis colloqui possit. Hi centum dies penès accusatorem cùm fuissent, ab eo ipso accusatore producti sunt. Quid hâc quæstione dici potest integrius? quid incorruptius?

XXIII. Quòd si nondùm satìs cernitis, cùm res ipsa tot tam claris argumentis signisque luceat, purâ mente atque integrâ Milonem, nullo scelere imbutum, nullo metu perterritum, nullà conscientiâ exanimatum, Romam revertisse; recordamini, per Deos immortales! quæ fuerit celeritas reditûs ejus; qui ingressus in forum, ardente curiâ; quæ magnitudo

(1) Appius, neveu de Clodius, un des accusateurs de Milon.

animi, qui vultus, quæ oratio. Neque verò se populo solùm, sed etiam senatui commisit : neque senatui modò, sed etiam publicis præsidiis, et armis : neque his tantùm, verùm etiam ejus (1) potestati cui sena- tus totam rempublicam, omnem Italiæ pubem, cunc- ta populi Romani arma commiserat. Cui se nunquàm hic profectò tradidisset, nisi causæ suæ confideret ; præsertìm omnia audienti, magna metuenti, multa suspicanti, nonnulla credenti. Magna vis est con- scientiæ, Judices, et magna in utramque partem ; ut neque timeant, qui nihil commiserint ; et pœnam semper ante oculos versari putent, qui peccârint.

64. Neque verò sinè ratione certâ, causa Milonis semper à senatu probata est ; videbant enim sapien- tissimi homines facti rationem, præsentiam animi, defensionis constantiam. An verò obliti estis, Judi- ces, recenti illo nuntio necis Clodianæ, non modò inimicorum Milonis sermones et opiniones, sed non- nullorum etiam imperitorum ? negabant eum Romam esse rediturum.

65. Sive enim illud animo irato ac percito fecisset, ut incensus odio trucidaret inimicum, arbitrabantur eum tanti mortem P. Clodii putâsse, ut æquo animo patriâ careret, cùm sanguine inimici explèsset odium suum ; sive etiam illius morte patriam liberare voluis- set, non dubitaturum fortem virum, quin, cùm suo periculo salutem reipublicæ attulisset, cederet æquo animo legibus, secum auferret gloriam sempiternam, nobis hæc fruenda relinqueret quæ ipse servâsset. Multi etiam Catilinam, atque illa portenta loqueban- tur : Erumpet, occupabit aliquem locum, bellum pa- triæ faciet. Miseros interdùm cives, optimè de repu- blicâ meritos, in quibus homines non modò res præ-

(1) *Ejus*, Pompée.

clarissimas obliviscuntur, sed etiam nefarias suspi-
cantur ! Ergò illa falsa fuerunt, quæ certè vera exsti-
tissent, si Milo admississet aliquid quod non posset
honestè verèque defendere.

XXIV. Quid, quæ posteà sunt in eum congesta;
quæ quemvis etiam mediocrium delectorum conscientiâ perculissent, ut sustinuit, Dii immortales ! sustinuit? immò verò, ut contempsit, ac pro nihilo putavit ! quæ neque maximo animo nocens, neque inno-
cens, nisi fortissimus vir, negligere potuisset. Scuto-
rum, gladiorum, frenorum, sparorum, pilorumque
etiam multitudo deprehendi posse indicabatur :
nullum in urbe vicum, nullum angiportum esse dice-
bant, in quo Miloni non esset conducta domus : arma in villam Ocriculanam (1) devecta Tiberi, domus
in clivo Capitolino scutis referta, plena omnia mal-
leolorum ad urbis incendia comparatorum. Hæc non
delata solùm, sed penè credita; nec antè repudiata
sunt, quàm quæsita.

67. Laudabam equidem incredibilem diligentiam
Cn. Pompeii; sed dicam ut sentio, Judices; nimis
multa audire coguntur, neque aliter facere possunt ii,
quibus tota commissa est respublica. Quin etiam fuerit audiendus popa Licinius nescio quis, de circo maximo, servos Milonis apud se ebrios factos, sibi con-
fessos esse de interficiendo Pompeio conjurâsse;
deinde posteà se gladio percussum esse ab uno de illis,
ne indicaret. Pompeio in hortos nuntiavit. Arcessor
in primis : de amicorum sententiâ rem defert ad senatum. Non poteram, in illius meî patriæque custodis
tantâ suspicione, non metu exanimari; sed mirabar
tamen credi popæ; ebriosorum confessionem servo-

(1) *Ocriculanam.* Ocriculum, petit bourg situé sur la voie
Flaminienne.

rum audiri : vulnus in latere, quod acu punctum videretur, pro ictu gladiatoris probari.

68. Verùm, ut intelligo, cavebat magis Pompeius
quàm timebat, non ea solùm quæ timenda erant, sed
omninò omnia, ne aliquid vos timeretis. Oppugnata
domus C. Cæsaris, clarissimi et fortissimi viri, per
multas noctis horas nuntiabatur : nemo audierat tam
celebri loco, nemo senserat ; tamen audiebatur. Non
poteram Cneium Pompeium, præstantissimâ virtute
virum, timidum suspicari : diligentiam, totâ republicâ susceptâ, nimiam nullam putabam. Frequentissimo
senatu nuper in Capitolio senator inventus est, qui
Milonem cum telo esse diceret : nudavit se in sanc-
tissimo templo, quoniam vita talis et civis et viri fidem non faciebat (1), nisi, eo tacente, res ipsa lo-
queretur.

XXV. Omnia falsa, atque insidiosè ficta comperta
sunt. Quòd si tamen metuitur etiam nunc Milo, non
hoc jam Clodianum crimen timemus, sed tuas, Cn.
Pompei (te enim jam appello eâ voce, ut me audire
possis) tuas, tuas inquam, suspiciones perhorrescimus. Si Milonem times, si hunc de tuâ vitâ nefariè
aut nunc cogitare, aut molitum aliquandò aliquid putas, si Italiæ delectus, ut nonnulli conquisitores tui
dictitant, si hæc arma, si capitolinæ cohortes, si ex-
cubiæ, si vigiliæ, si delecta juventus, quæ tuum corpus domumque custodit, contra Milonis impetum armata est, atque illa omnia in hunc unum instituta,
parata, intenta sunt, magna in hoc certè vis, et incredibilis animus, et non unius viri vires atque opes

(1) *Quoniam vita talis et civis et viri fidem non faciebat,*
puisque la vie passée d'un citoyen si courageux ne suffisait
pas pour qu'on le crût sur parole.

indicantur, siquidem in hunc unum, et præstantissi-
mus dux electus, et tota respublica armata est.

70. Sed quis non intelligit omnes tibi reipublicæ
partes ægras et labantes, ut eas his armis sanares et
confirmares, esse commissas ? Quòd si Miloni locus
datus esset, probâsset profectò tibi ipsi, neminem
unquàm hominem homini cariorem fuisse, quàm te
sibi : nullum se unquàm periculum pro tuâ dignitate
fuisse : cum illâ ipsâ teterrimâ peste sæpissimè pro
tuâ gloriâ contendisse : tribunatum suum ad salutem
meam quæ tibi carissima fuisset, consiliis tuis guber-
natum : se à te posteà defensum in periculo capitis,
adjutum in petitione præturæ : duos se habere semper
amicissimos speràsse : te tuo beneficio, me suo. Quæ
si non pròbaret, si tibi ità penitùs inhæsisset ista sus-
picio, nullo ut evelli modo posset ; si deniquè Italia à
delectu, urbs ab armis, sinè Milonis clade nunquàm
esset conquietura : næ iste haud dubitans cessisset
patriâ, is, qui ità natus est, et ità consuevit : te, Mag-
ne, tamen antestaretur, quod nunc etiam facit.

XXVI. Vide quàm sit varia vitæ commutabilisque
ratio, quàm vaga vobubilisque (1) fortuna, quantæ
infidelitates in amicis, quàm ad tempus aptæ simula-
tiones, quantæ in periculis fugæ proximorum, quantæ
timiditates : erit illud profectò tempus, et illucescet
aliquandò ille dies, cùm tu, salutaribus, ut spero, rebus tuis, sed fortassè motu aliquo communium temporum immutatis (qui quàm crebrò accidat, experti
debemus scire) , et amicissimi benevolentiam, et
gravissimi hominis fidem, et unius post homines na-
tos fortissimi viri magnitudinem animi desideres.

·ε. Quanquàm quis hoc credat, Cn. Pompeium juris

(1) *Volubilis*, changeante, inconstante.

publici , moris majorum , rei deniquè publicæ peri-
tissimum, cùm senatus ei commiserit ut videret *Ne
quid respublica detrimenti caperet* (1), quo uno versiculo
satis armati semper consules fuerunt, etiam nullis
armis datis : hunc exercitu, hunc delectu dato , judicium exspectaturum fuisse in ejus consiliis vindican-
dis qui vel judicia ipsa tolleret ? Satis judicatum est à
Pompeio, satis, falsò ista conferri in Milonem ; qui
legem tulit, quâ, ut ego sentio, Milonem absolvi â vobis oporteret, ut omnes confitentur, liceret.

73. Quòd verò in illo loco, atque illis publicorum
præsidiorum copiis circumfusus sedet ; satis declarat ,
se non terrorem inferre vobis (quid enim illo minùs
dignum, quàm cogere ut vos eum condemnetis, in
quem animadvertere ipse et more majorum et suo
jure posset?) sed præsidio esse : ut intelligatis, contra hesternam concionem illam, licere vobis, quod
sentiatis liberè judicare.

XXVII. CONFIRMATIONIS PARS POSTERIOR. Nec
verò me, Judices, Clodianum crimen movet, nec tam
sum demens, tamque vestri sensûs (2) ignarus atque
expers , ut nesciam quid de morte Clodii sentiatis :
de quâ si jam nollem ità diluere crimen ut dilui , tamen impunè Miloni palàm clamare atque mentiri
gloriosè liceret : Occidi : occidi, non Sp. Mælium; qui
annouâ levandâ, jacturisque rei familiaris, quia nimis
amplecti plebem putabatur, in suspicionem incidit
regni appetendi : non Tib. Gracchum, qui collegæ
magistratum per seditionem abrogavit ; quorum in-

(1) C'était la formule qu'on décrétait ordinairement dans
les circonstances graves.

(2) *Vestri sensûs* se trouve expliqué par *nesciam quid de
morte Clodii sentiatis.* On pourrait appeler cela une négli-
gence.

terfectores implêrunt orbem terrarum nominis sui
gloriâ : sed cum (auderet enim dicere , cùm patriam
periculo suo liberâsset) cujus nefandum adulterium
in pulvinaribus sanctissimis nobilissimæ feminæ com-
prehenderunt :

75. Eum cujus supplicio senatus solemnes religiones expiandas sæpè censuit : eum, quem cum sorore
germanâ nefarium stuprum fecisse L. Lucullus jura-
tus se, quæstionibus habitis, dixit comperisse : eum,
qui civem (1), quem senatus, quèm populus, quem
omnes gentes, urbis ac vitæ civium conservatorem
judicabant, servorum armis exterminavit : eum, qui
regna dedit, ademit; orbem terrarum, quibuscum
voluit, partitus est : eum, qui, plurimis cædibus in
foro factis, singulari virtute et gloriâ civem (2) domum vi et armis compulit : eum, cui nihil unquàm
nefas fuit nec in facinore, nec in libidine : eum , qui
ædem Nympharum incendit, ut memoriam publicam
recensionis, tabulis publicis impressam, exstingue-
ret :

76. Eum deniquè, cui jam nulla lex erat, nullum
civile jus, nulli possessionem termini, qui non calum-
niâ litium, non injustis vindiciis ac sacrementis alienos fundos, sed castris, exercitu, signis inferendis
petebat : qui non solùm Etruscos (eos enim penitùs
contempserat), sed hunc Q. Varium, virum fortissimum atque optimum civem judicem nostrum, pellere
possessionibus, armis castrisque conatus est : qui cum
architectis et decempedis villas multorum, hortosque
peragrabat : qui Janiculo (3) et Alpibus spem posses-

(1.) *Civem.* Cicéron parle ici de lui-même.
(2) *Singulari virtute et gloriâ civem*, Pompée.
(3) *Janiculo.* Le mont Janicule était une des sept collines
enfermées dans l'enceinte de Rome.

sionum terminabat suarum : qui, cùm ab equite romano splendidissimo et forti viro, T. Pecavio, non
impetrâsset ut insulam in lacu Prælio venderet,
repentè lintribus in eam insulam materiam, calcem,
cæmenta atque arma convexit,dominoque trans ripam
inspectante non dubitavit ædificium exstruere in alieno :

77. Qui huic T. Furfanio, cui viro, Dii immortales!
(quid enim ego de muliercula Scantia? quid de ado-
lescente Aponio dicam? quorum utrique mortem est
minitatus, nisi sibi hortorum possessione cessisset ?)
sed ausus est Furfanio dicere, si sibi pecuniam quan-
tam poposcerat non dedisset, mortuum se in domum
ejus illaturum; quâ invidiâ huic esset tali viro con-
flagrandum : qui Appium fratrem, hominem mihi
conjunctum fidissimâ gratiâ, absentem, de possessione
fundi dejecit : qui parietem sic per vestibulum soro-
ris instituit ducere, sic agere fundamenta, ut sororem
non modò vestibulo privaret, sed omni aditu et lu-
mine.

XXVIII. Quanquàm hæc quidem jam tolerabilia
videbantur ; etsi æquabiliter in rempublicam, in pri-
vatos, in longinquos, in propinquos, in alienos, in
suos irruebat : sed nescio quomodò jam non obdurue-
rat et percaluerat (1) civitatis incredibilis patientia.
Quæ verò aderant jam et impendebant,quonam modo
ea aut depellere potuissetis, aut ferre? imperíum si
ille nactus esset (omitto socios, exteras nationes, re-
ges ; tetrarchas ; vota enim faceretis, ut in eos se potiùs mitteret, quàm in vestras possessiones, vestra
tecta, vestras pecunias), pecunias dico ? à liberis, à liberis, medius fidius, et à conjugibus vestris nunquàm
ille effrenatas suas libidines cohibuisset. Fingi hæc

(1) *Percaluerat*, était devenue insensible à tout.

putatis quæ patent? hæc quæ nota sunt omnibus? quæ
tenentur? servorum exercitus illum in urbe conscrip-
turum fuisse, per quos totam rempublicam resque pri-
vatas omnium possideret?

79. Quamobrem, si cruentum gladium tenens cla-
maret T. Annius : Adeste, quæso, atque audite, cives:
P. Clodium interfeci; ejus furores, quos nulli jam legibus, nullis judiciis frenare poteramus, hoc ferro et
hâc dexterâ à cervicibus vestris repuli ; per me ut
unum jus, æquitas, leges, libertas, pudor, pudicitia in
civitate manerent : esset verò timendum, quonam
modo id ferret civitas? nunc enim quis est qui non
probet? qui non laudet? qui non unum, post hominum memoriam, Titum Annium plurimùm reipublicæ profuisse , maximâ lætitiâ populum Romanum,
cunctam Italiam, nationes omnes affecisse, et dicat,
et sentiat? Nequeo, vetera illa populi Romani quanta
fuerint gaudia, judicare : multas tamen jam summorum imperatorum clarissimas victorias ætas nostra
vidit : quarum nulla neque tam diuturnam attulit
lætitiam, nec tantam.

80. Mandate hoc memoriæ, Judices : spero multa
vos liberosque vestros in republicâ bona esse visuros :
in his singulis ità semper existimabitis , vivo P. Clodio , nihil eorum vos visuros fuisse. In spem maximam, et quemadmodùm confido , verissimam adducti
sumus, hunc ipsum annum, hoc ipso summo viro
consule , compressâ hominum licentiâ , cupiditatibus
fractis, legibus et judiciis constitutis, salutarem civi-
tati fore. Num quis igitur est tam demens , qui hoc ,
P. Clodio vivo, contingere potuisse arbitretur? Quid?
ea quæ tenetis, privata atque vestra, dominante homine furioso , quod jus perpetuæ possessionis habere
potuissent?

XXIX. Non timeo, Judices, ne, odio inimicitiarum

mearum inflammatus, libentiùs hæc in illum evomere videar, quàm veriùs : etenim et si præcipuum esse debebat, tamen ità communis erat omnium ille hostis, ut in communi odio penè æqualiter versaretur odium meum. Non potest dici satis , ne cogitari quidem, quantùm in illo sceleris, quantùm exitii (1) fuerit.

82. Quin sic attendite, Judices : nempè hæc est quæstio de interitu P. Clodii : fingite animis ; liberæ enim sunt cogitationes nostræ ; et quæ volunt sic in-tuentur, ut ea cernimus quæ videmus : fingite igitur cogitatione imaginem hujus conditionis meæ ; si pos-sim efficere ut Milonem absolvatis, sed ità, si P. Clo-dius revixerit. Quid vultu extimuistis ? quonam modo ille vos vivus afficeret, qui mortuus inani cogitatione percussit ? Quid ? si ipse Cneius Pompeius, qui eâ vir-tute ac fortunâ est, ut ea potuerit semper, quæ nemo præter illum ; si is, inquam, potuisset aut quæstionem de morte P. Clodii ferre, aut ipsum ab inferis excitare : utrùm putatis potiùs facturum fuisse ? etiamsi propter amicitiam vellet illum ab inferis evocare, propter rempublicam non fecisset. Ejus igitur mortis sedetis ultores, cujus vitam, si putetis per vos restitui posse, nolletis ; et de ejus nece lata quæstio est, qui si eâdem lege reviviscere posset, lata lex nunquàm esset. Hujus ergò interfector qui esset, in confitendo, ab iisne pœnam timeret quos liberavisset ?

83. Græci homines Deorum honores tribuunt iis viris, qui tyrannos necaverunt. Quæ ego vidi Athe-nis ! quæ aliis in urbibus Græciæ ! quas res divinas talibus institutas viris ! quos cantus ! quæ carmina ! propè ad immortalitatis et religionem et memoriam

(1) *Quantùm exitii (reipublicæ metuendi)*, combien la ré-publique avait à craindre pour son salut.

consecrantur. Vos tanti conservatorem populi, tant sceleris ultorem, non modò honoribus nullis afficietis, sed etiam ad supplicium rapi patiemini? Confiteretur, inquam, si fecisset, et magno animo et libente se fecisse, libertatis omnium causâ: quod ei certè non confitendum modò fuisset, verùm etiam prædicandum.

XXX. Etenim, si id non negat, ex quo nihil petit, ni ut ignoscatur; dubitaret id fateri, ex quo etiam præmia laudis essent petenda (nisi verò gratius putat esse vobis, sui se capitis, quàm vestri ordinis defensorem fuisse)? cùm præsertim in eâ confessione, si grati esse velletis, honores assequeretur amplissimos. Si factum vobis non probaretur, (quanquàm qni poterat salus sua cuique non probari?) sed tamen si minùs fortissimi viri virtus civibus grata cecidisset; magno animo constantique cederet ex ingratâ civitate : nam quid esset ingratius, quàm lætari cæteros, lugere eum solum propter quem cæteri lætarentur?

85. Quanquàm hoc animo semper fuimus omnes in patriæ proditoribus opprimendis, ut quoniam nostra futura esset gloria, periculum quoque et invidiam nostram putaremus : nam quæ mihi ipsi tribuenda laus esset, cùm tantùm in consulatu meo pro vobis ac liberis vestris ausus essem, si id quod conabar, sinè maximis dimicationibus meis me esse ausurum arbitrarer? quæ mulier sceleratum ac perniciosum civem occidere non auderet, si periculum non timeret? Propositâ invidiâ, morte, pœnâ, qui nihilò segniùs rempublicam defendit, is vir verè putandus est. Populi grati est, præmiis afficere benè meritos de republicâ cives; viri fortis, ne suppliciis quidem moveri, ut fortiter fecisse pœniteat.

86. Quamobrem uteretur eâdem confessione T. An-

nius, quâ Ahala, quâ Nasica, quâ Opimius, quâ nos-
metipsi (1) : et, si grata respublica esset, lætaretur ; si
ingrata, tamen in gravi fortunâ conscientiâ suâ nite-
retur. Sed hujus beneficii gratiam, Judices, fortuna
populi Romani, et vestra felicitas, et Dii immortales
sibi deberi putant : nec verò quisquam aliter arbi-
trari potest, nisi qui nullam majestatem esse ducit,
numenve divinum : quem neque imperii vestri magnitudo, neque sol ille, nec cœli signorumque motus,
nec vicissitudines rerum atque ordines movent ,
neque, id quod maximum est, majorum nostrorum
sapientia, qui sacra , qui cæremonias, qui auspicia et
ipsi sanctissimè coluerunt, et nobis suís posteris pro-
diderunt.

XXXI. Est, est profectò illa vis : neque in his corpo-
ribus , atque in hâc imbecillitate nostrâ (2) inest
quiddam quod vigeat et sentiat; et non inest in hoc
tanto naturæ tam præclaro motu : nisi fortè idcircò
esse non putant, quia non apparet nec cernitur;
proindè quasi nostram ipsam mentem quâ provide-
mus, quâ hæc ipsa agimus ac dicimus, videre, aut
planè , qualis, aut ubì sit, sentire possimus. Ea vis ,
ea est igitur, quæ sæpè incredibiles huic urbi felici-
tates atque opes attulit ; quæ illam perniciem exs-
tinxit ac sustulit : qui primùm mentem injecit, ut vi
irritare ferróque lacessere fortissimum virum auderet
vinceretur ab eo , quem si vicisset, habiturus esse
impunitatem et licentiam sempiternam. Non est hu-
mano consilio, ne mediocri quidem, Judices, Deorum
immortalium curâ , res illa perfecta : religiones me-

(1) Cicéron se complaît à revenir sur tous les antécédens
qui peuvent faire excuser la conduite de son client.

(2) *Imbecillitate nostrâ*, notre faiblesse (morale), notre
manque d'énergie.

herculè ipsæ, quæ illam belluam cadere viderunt,
commôsse se videntur, et jus in illum suum retinuisse.

88. Vos enim jam, Albani tumuli atque luci (1),
vos, inquam, imploro atque testor, vosque Albano-
rum obrutæ aræ, sacrorum populi Romani sociæ et
æquales, quas ille præceps amentiâ, cæsis prostratis-
que sanctissimis lucis , substructionum insanis moli-
bus oppresserat : vestræ tùm aræ, vestræ religiones
viguerunt , vestra vis valuit, quam ille omni scelere
polluerat : tuque ex tuo edito monte, Latiaris (2)
sancte Jupiter, cujus ille lacus, nemora, finesque
sæpè omni nefario stupro et scelere maculârat, aliquandò ad eum puniendum oculos aperuisti : vobis
ille, vobis vestro in conspectu seræ, sed justæ tamen
et debitæ pœnæ solutæ sunt. Nisi fortè hoc etiam casu
factum esse dicemus , ut ante ipsum sacrarium bonæ
Deæ, quod est in fundo T. Sextii Galli, in primis
honesti et ornati adolescentis, ante ipsam, inquam,
bonam Deam, cùm prælium commisisset, primùm
illud vulnus acceperit quo teterrimam mortem obiret;
ut non absolutus judicio illo nefario (3) videretur ,
sed ad hanc insignem pœnam reservatus.

XXXII. Nec verò non eadem ira Deorum hunc
ejus satellitibus injecit amentiam, ut sinè imaginibus,
sinè cantu atque ludis, sinè exsequiis, sinè lamentis,
sinè laudationibus, sinè funere, oblitus cruore et
luto , spoliatus illius supremi diei celebritate quam
concedere etiam inimici solent, ambureretur abjec-
tus : non fuisse credo fas clarissimorum virorum for-

(1) *Luci*, les bois sacrés, lieu où Clodius avait été tué.
(2) *Latiaris.* C'est une des nombreuses épithètes que les
Romains donnaient à Jupiter.
(3) *Judicio illo nefario* , allusion à une mauvaise affaire
de laquelle Claudius s'était tiré en corrompant les juges.

mas illi teterrimo parricidæ aliquid decoris afferre ;
neque ullo in loco potiùs mortem ejus lacerari, quàm
in quo vita esset damnata.

90. Dura mihi, medius fidius, jam fortuna populi
Romani et crudelis videbatur, quæ tot annos illum in
hanc rempublicam insultare videret, et pateretur.
Polluerat stupro sanctissimas religiones : senatûs gra-
vissima decreta perfregerat : pecuniâ se palàm à judicibus redemerat : vexârat in tribunatu senatum :
omnium ordinum consensu pro salute reipublicæ
gesta resciderat : me patriâ expulerat : bona diripue-
rat ; domum incenderat ; liberos, conjugem meam
vexaverat : Cn. Pompeio nefarium bellum indixerat :
magistratuum, privatorumque cædes effecerat : domum mei fratris incenderat ; vastârat Etruriam :
multos sedibus ac fortunis ejecerat : instabat, urgebat :
capere ejus amentiam civitas, Italia, provinciæ, regna
non poterant : incidebantur jam domi leges quæ nos
nostris servis addicerent : nihil erat cujusquam, quod
quidem ille adamâsset, quod non hoc anno suum
fore putaret. Obstabat ejus cogitationibus nemo, præter Milonem : ipsum illum (1), qui poterat obstare,
novo reditu in gratiam quasi devinctum arbitrabatur :
Cæsaris potentiam suam esse dicebat : bonorum ani-
mos etiam in meo casu contempserat : Milo unus
urgebat.

XXXIII. Hic, Dii immortales, ut suprà dixi, mentem
dederunt illi perdito ac furioso, ut huic faceret insidias : aliter perire pestis illa non potuit : nunquàm
illum respublica suo jure esset ulta. Senatus, credo,
prætorem eum circumscripsisset : ne cùm solebat
quidem id facere, in privato eodem hoc, aliquid pro-
fecerat.

(1) *Ipsum illum.* Il s'agit encore ici de Pompée.

3.

92. An consules in prætore coercendo fortes fuissent? Primùm, Milone occiso, habuisset suos consules: deindè quis in eo prætore consul fortis esset, per quem tribunum, virum consularem, crudelissimè vexatum esse meminisset? Oppressisset omnia, possideret, teneret : lege novâ, quæ est inventa apud eum cum reliquis legibus Clodianis, servos nostros libertos suos fecisset : postremò, nisi eum Dii immortales in eam mentem impulissent, ut homo effeminatus fortissimum virum conaretur occidere, hodiè rempublicam nullam haberetis.

93. An ille prætor, ille verò consul, si modò hæc templa atque ipsa mœnia stare eo vivo tandiù et consulatum ejus exspectare potuissent, illa deniquè vivus mali nihil fecisset, qui mortuus, uno ex suis satellitibus Sext. Clodio duce, curiam incenderit? Quo quid miserius, quid acerbius, quid luctuosius videmus? Templum sanctitatis, amplitudinis, mentis, consilii publici, caput urbis, aram sociorum, portum omnium gentium, sedem ab universo populo Romano concessam uni ordini, inflammari, exscindi, funestari? neque id fieri à multitudine imperitâ, quanquàm esset miserum id ipsum, sed ab uno, qui cùm tantùm ausus sit ultor pro mortuo, quid signifer pro vivo non esset ausus? In curiam potissimùm abjecit, ut eam mortuus incenderet quam vivus everterat.

94. Et sunt qui de viâ Appiâ querantur, taceant de curiâ? et qui ab eo spirante forum putent potuisse defendi, cujus non restiterit cadaveri curia? excitate, excitate eum, si potestis, ab inferis: frangetis impetum vivi, cujus vix sustinetis furiàs insepulti; nisi verò sustinuistis eos qui cum facibus ad curiam cucurrerunt, cum facibus ad Castoris, cum gladiis toto foro volitârunt. Cæci vidistis populum Romanum, concionem gladiis disturbari, cùm audiretur silentio M. Cœ-

lius , tribunus plebis, vir et in republicâ fortissimus ,
et in susceptâ causâ firmissimus, et bonorum volun-
tati et auctoritati senatûs deditus, et in hâc Milonis
sive invidiâ sive fortunâ, singulari , divinâ et incredibili fide.

XXXIV. PERORATIO. Sed jam satis multa de
causâ; extra causam etiam nimis fortassè multa. Quid
restat, nisi ut orem obtesterque vos, Judices, ut eam
misericordiam tribuatis fortissimo viro, quam ipse
non implorat; ego autem, repugnante hoc (1), et imploro et exposco? Nolite, si in nostro omnium fletu
nullam lacrymam adspexistis Milonis; si vultum semper eumdem, si vocem, si orationem stabilem ac non
mutatam videtis, hoc minùs ei parcere; atque haud
scio, an multò etiam sit adjuvandus magis. Etenim si
in gladiatoriis pugnis, et in infimi generis hominum
conditione atque fortunâ, timidos at supplices, et ut
vivere liceat obsecrantes , etiam odisse solemus :
fortes et animosos, et se acriter ipsos morti offerentes,
servare cupimus; eorumque nos magis miseret, qui
nostram misericordiam non requirunt, quàm qui
illam efflagitant; quantò hoc magis in fortissimis
civibus facere debemus !

96. Me quidem, Judices , exanimant et interimunt
hæ voces Milonis, quas audio assiduè et quibus inter-
sum quotidiè. Valeant, inquit , cives mei, valeant;
sint incolumes , florentes , sint beati ; stet hæc urbs
præclara, mihique patria carissima , quoquo modo
merita de me erit; tranquillâ republicâ cives mei,
quoniàm mihi cum illis non licet, sinè me ipsi, sed
per me tamen, perfruantur : ego cedam, atque abibo;

(1) *Repugnante hoc.* Milon ne consentait point à ce qu'on
implorât pour lui la pitié du peuple romain , car il eût cru
compromettre sa dignité.

si mihi republicâ bonâ frui non licuerit, at carebo malâ ; et quam primùm tetigero benè moratam (1) et liberam civitatem, in eâ conquiescam.

97. O frustrà , inquit, suscepti mei labores ! ô spes fallaces ! ô cogitationes inanes meæ ! Ego cùm tribunus plebis, republicâ oppressâ, me senatui dedissem, quem exstinctum acceperam; equitibus romanis, quorum vires erant debiles ; bonis viris , qui omnem auctoritatem Clodianis armis abjecerant, mihi unquám bonorum præsidium defuturum putarem? Ego, cùm te (mecum enim sæpissimè loquitur) patriæ reddidissem, mihi non futurum in patriâ putarem locum? Ubì nunc senatus est, quem secuti sumus? ubi equites romani illi, illi, inquit, tui? ubì studia municipiorum? ubì Italiæ voces? ubi deniquè tua , M. Tulli, quæ plurimis fuit auxilio, vox et defensio? mihine ea soli, qui pro te toties morti me obtuli , nihil potest opitulari?

XXXV. Nec verô hæc, Judices, ut ego nunc, flens, sed hoc eodem loquitur vultu, quo videtis : negat enim se, negat ingratis civibus fecisse, quæ fecit; timidis, et omnia circumspicientibus pericula, non negat : plebem, et infimam, quæ P. Clodio duce, fortunis vestrís imminebat, eam, quò tutior esset vita nostra, suam se fecisse commemorat ; ut non modò virtute flecteret, sed etiam tribus suis patrimoniis deliniret (2) : nec timet ne , cùm plebem muneribus

(1) *Benè moratam,* une ville où la vertu soit en honneur, et le vice puni comme il doit l'être.

(2) *Deliniret.* On voit, surtout par ce passage, qu'il n'était point honteux, chez les Romains, de briguer les suffrages du peuple à force de largesses, puisque Cicéron loue Milon d'a voir dans cette vue employé le prix de trois biens patrimoniaux.

placârit, vos non conciliârit meritis in rempublicam singularibus. Senatùs erga se benevolentiam temporibus his ipsis sæpè esse perspectam : vestras verò, et vestrorum ordinum occursationes, studia, sermones, quemcunque cursum fortuna dederit, secum ablaturum esse dicit.

99. Meminit etiam, sibi vocem præconis modò defuisse, quam minimè desidérârit ; populi verò cunctis suffragiis, quod unum cupierit, se consulem declaratum : nunc deniquè, si hæc arma contra se sint futura, sibi facinoris suspicionem, non facti crimen obstare. Addit hæc, quæ certè vera sunt, fortes et sapientes viros non tam præmia sequi solere rectè factorum, quàm ipsa rectè facta : se nihil in vitâ nisi præclarissimè fecisse; siquidem nihil sit præstabilius viro, quàm periculis patriam liberare : beatos esse , quibus ea res honori fuerit à suis civibus :

100. Nec tamen eos miseros, qui beneficio cives suos vicerint : sed tamen ex omnibus præmiis virtutis, si esset habenda ratio præmiorum , amplissimum esse præmium gloriam : esse hanc unam, quæ brevitatem vitæ posteritatis memoriâ consolaretur : quæ efficeret , ut absentes adessemus, mortui viveremus; hanc deniquè esse, cujus gradibus etiam homines in cœlum viderentur adscendere.

101. De me , inquit, semper populus Romanus , semper omnes gentes loquentur ; nulla unquàm obmutescet vetustas : quin hoc tempore ipso, cùm omnes à meis inimicis faces meæ invidiæ subjiciantur ; tamen omni in hominum cœtu, gratiis agendis , et gratulationibus habendis , et omni sermone celebramur : omitto Etruriæ festos et actos et institutos dies : centesima lux est hæc ab interitu P. Clodii, et, opinor, altera ; quâ fines imperii populi Romani sunt, ea non solùm fama jam de illo, sed etiam lætitia peragravit :

quamobrem, ubi corpus hoc sit, non, inquit, laboro ; quoniam omnibus in terris et jam versatur, et semper habitabit nominis mei gloria.

XXXVI. Hæc tu mecum sæpè, his absentibus , sed iisdem audientibus, hæc ego tecum, Milo. Te quidem, cùm isto animo est, satis laudare non possum ; sed quò est ista magìs divina virtus, eò majore à te dolore divellor : nec verò, si mihi eriperis, reliqua est illa saltem ad consolandum querela , ut his irasci possim à quibus tantum vulnus accepero : non enim inimici mei te mihi eripiunt , sed amicissimi ; non malè aliquandò de me meriti, sed semper optimè. Nullum unquàm , Judices, mihi tantum dolorem inuretis , (et si quis potest esse tantus?) sed ne hunc quidem ipsum, ut obliviscar quanti me semper feceritis : quæ si vos cepit oblivio, aut si in me aliquid offendistis (1), cur non id meo capite potiùs luitur, quàm Milonis ? præclarè enim vixero, si quid mihi acciderit priùs quam hoc tantum mali videro.

103. Nunc me una consolatio sustentat, quòd tibi, T. Anni, nullum à me amoris, nullum studii, nullum pietatis officium defuit. Ego inimicitias potentium pro te appetivi : ego meum sæpè corpus et vitam objeci armis inimicorum tuorum : ego me plurimis pro te supplicem abjeci : bona, fortunas meas ac liberorum meorum, in communionem tuorum temporum contuli (2) : hoc deniquè ipso die, si qua vis est parata, si qua dimicatio capitis futura , deposco. Quid jam restat ? quid habeo , quod dicam , quod faciam pro tuis in me meritis, nisi ut eam fortunam, quæcum-

(1) *Aut si me in aliquid offendistis,* ou si vous avez à vous plaindre de moi , si j'ai perdu votre estime.

(2) *In communionem tuorum temporum contuli.* J'ai, en toute circonstance, associé à ta position mes biens, etc.

que erit tua, ducam meam? Non recuso, non abnuo, vosque obsecro, Judices, ut vestra beneficia, quæ in me contulistis, aut in hujus salute augeatis, aut in ejusdem exitio occasura esse videatis.

XXXVII. His lacrymis non movetur Milo: est quodam incredibili robore animi: exsilium ibi esse putat, ubi virtuti non sit locus; mortem naturæ finem esse, non pœnam. Sit hic eâ mente, quâ natus est: quid vos, Judices? quo tandem animo eritis? memoriam Milonis retinebitis, ipsum ejicietis? et erit dignior locus in terris ullus, qui hanc virtutem excipiat, quàm hic, qui procreavit? Vos, vos appello, fortissimi viri, qui multum pro republicâ sanguinem effudistis: vos in viri et in civis invicti appello periculo, centuriones; vosque, milites; vobis non modò exspectantibus, sed etiam armatis, et huic judicio præsidentibus, hæc tanta virtus ex hâc urbe expelletur, exterminabitur, projicietur?

105. O me miserum! ô me infelicem! revocare tu me in patriam, Milo, potuisti per hos: ego te in patriâ per eosdem retinere non potero? quid respondebo liberis meis, qui te parentem alterum putant? quid tibi, Q. frater, qui nunc abes, consorti mecum temporum illorum? me non potuisse Milonis salutem tueri per eosdem, per quos nostram ille servâsset? At in quâ causâ non potuisse! quæ est grata gentibus. A quibus non potuisse? ab iis qui maximè P. Clodii morte acquiêrunt. Quo deprecante? me.

106. Quodnam ego concepi tantum scelus? aut quod in me tantum facinus admisi, Judices, cùm illa indicia communis exitii indagavi, patefeci, protuli, exstinxi? omnes in me meosque redundant ex fonte illo dolores. Quid me reducem esse voluistis! an ut, inspectante me, expellerentur per quos essem restitutus? Nolite, obsecro vos, pati mihi acerbiorem redi·

tum esse, quàm fuerit ille ipse discessus : nam qui possum putare me restitutum esse, si distrahor ab iis per quos restitutus sum?

XXXVIII. Utinàm Dii immortales fecissent (pace tuà, Patria, dixerim : metus enim, ne sceleratè dicam in te, quod pro Milone dicam piè) utinàm P. Clodius non modò viveret, sed etiam prætor, consul, dictator esset potiùs, quàm hoc spectaculum viderem! O Dii immortales! fortem et à vobis, Judices, conservandum virum! Minimè, minimè, inquit : immò verò pœnas ille debitas luerit; nos subeamus, si ità necesse est, non debitas. Hiccine vir patriæ natus, usquàm, nisi in patriâ, morietur? aut si forte, pro patrià? Hujus vis animi monumenta retinebitis; corporis in Italiâ nullum sepulcrum esse patiemini? hunc suâ quisquam sententiâ ex hâc urbe expellet, quem omnes urbes expulsum à vobis ad se vocabunt?

108. O terram illam beatam, quæ hunc virum exceperit : hanc ingratam, si ejecerit : miseram, si amiserit! Sed finis sit : neque enim præ lacrymis jam loqui possum; et hic se lacrymis defendi vetat. Vos oro, obestorque, Judices, ut in sententiis ferendis, quod sentietis id audeatis. Vestram virtutem, justitiam, fidem, mihi credite, is maximè probabit, qui in judicibus legendis optimum, et sapientissimum, et fortissimum quemque legit.

FINIS.

www.ingramcontent.com/pod-product-compliance
Lightning Source LLC
Chambersburg PA
CBHW061656180626
46818CB00003B/1125